¿Has abrazado hoy a tu monstruo?

DALE UN BESO O CIEN, PORQUE SE PORTO BIEN.

JOANNE & DAVID WYLIE

versión en español de Aída E. Marcuse
Consultante: Lada Josefa Kratky

CP CHILDRENS PRESS ®

CHICAGO

Muchos cuentos sobre monstruos ®

Library of Congress Cataloging-in-Publication Data

Wylie, Joanne.
  ¿ Has abrazado hoy a tu monstruo?

  (Muchos cuentos sobre monstruos)
  Traducción de: Have you hugged your monster today?
  Resumen: Texto con rimas que describe el
comportamiento por el cual un monstruo merece un abrazo.
  [1. Monstruos—Ficción. 2. Comportamiento—
Ficción. 3. Cuentos con rimas. 4. Materiales en
español.] I. Wylie, David (David Graham) II. Título.
III. Serie: Muchos cuentos sobre monstruos.
PZ73.W944 1986   [E]   86-21624
ISBN 0-516-54493-4 Paperbound
ISBN 0-516-34493-5 Library Bound

JOANNE & DAVID WYLIE

¿Has abrazado hoy a tu monstruo?

Dice "¡gracias!" sin tardar.

Se tapa la cara para estornudar.

Se levanta siempre sin protestar

y guarda todo en su lugar.

Tiene modales de caballero.

Les sirve siempre a los otros primero.

Se lava los dientes con esmero

y cuelga el abrigo en el perchero.

No salpica el baño, no chapotea

y nunca, nunca, las puertas golpea.

Si hablas, escucha con atención.

Se ríe de tus bromas; es juguetón.

Rara vez se fastidia o está enojado

y, como tú, se ríe de todo encantado.

Te rasca la espalda;
te hace cosquillas.

Si duermes la siesta,
camina en puntillas.

Nunca lo verás llorar ni protestar,

si sales de casa y no lo puedes llevar.

Dice "¡hola!" y "¡adiós!"
al entrar o salir

y siempre te besa
cuando vas a dormir.

A andar en bicicleta te puede enseñar

y siempre que quieras saldrá a jugar.

Cuando está oscuro y estás asustado,

se sienta allí, pegadito a tu lado.

Cuando te sientes furioso o triste,

te trae globos y te cuenta un chiste.

El cinturón del carro se abrochará

y junto a la ventana te dejará.

Por eso este monstruo, yo diría,
merece un abrazo cada día.